ダライ・ラマ六世ツァンヤン・ギャムツォ

ダライ・ラマ六世　恋愛彷徨詩集

トランスビュー
TRANSVIEW

本書を、夭逝せし兄敏雄（一九三〇―一九五一）の霊前に捧ぐ

【目次】

東の山の頂に
皓皓《こうこう》白く月渡《わた》り
かの乙女子《おとめご》が面影《おもかげ》は
我が心にぞ現わる

ཤར་ཕྱོགས་རི་བོའི་རྩེ་ནས།
དཀར་གསལ་ཟླ་བ་ཤར་བྱུང་།
མ་སྐྱེས་ཨ་མའི་ཞལ་རས།
ཡིད་ལ་འཁོར་འཁོར་བྱས་བྱུང་།

見目《みめ》麗《うるわ》しく雅《みやび》なる
風情《ふぜい》の君を目にせんは
高き梢《こずえ》の頂に
熟れたる桃を見る如し

མི་ཆེན་དཔོན་པོའི་སྲས་མོ།
ཁམས་འབྲས་མཆར་ལ་བལྟས་ན།
ཁམ་སྡོང་མཐོན་པོའི་རྩེ་ནས།
འབྲས་བུ་སྨིན་པ་འདྲ་བྱུང་།

後ろの龍魔荒々し
いかにおそろし恐《こわ》くとも
前の木になるりんごの実
摘《つ》まではすまじ我が心

རྒྱབ་ཀྱི་ཀླུ་བདུད་བཙན་པོ།
འཇིགས་དང་མི་འཇིགས་མི་འདུག
མདུན་གྱི་ཀ་ར་ཀུ་ཤུ།
འཐོགས་སུ་དགོས་པ་བྱས་སོང་།

逢ひ去り往《ゆ》きし愛《いと》し娘《ご》は
肌に芳香《ほうか》のたちこめり
誰《た》が手にしたる宝ぞや
その紅《くれない》の顔容《かんばせ》は

འགྲོ་ཞོར་ལམ་བུའི་སྙིང་སྡུབ།
ལུས་དྲི་ཞིམ་པའི་བུ་མོ།
གཡུ་ཆུང་གྱུ་དཀར་བརྙེད་ནས།
སྐྱུར་བ་དེ་དང་འདྲ་བྱུང་།

心にかなえる娘子《むすめご》を
我が伴侶《みちずれ》に娶《めと》らんは
海底《うみそこ》深く一粒の
輝く真珠を得る如し

རང་སེམས་སྐོང་བའི་མི་དེ།
གཏན་གྱི་མདུན་མར་བྱུང་ན།
རྒྱ་མཚོའི་གཏིང་ནས་ནོར་བུ།
ལོན་པ་དེ་དང་མཉམ་བྱུང་།

我が喇嘛《らま》僧の御前《おんまえ》に
教えを乞いに進みしも
深き御法《みのり》にあらずして
娘を想う心のみ

མཚན་ལྡན་བླ་མའི་དྲུང་དུ།
སེམས་འཁྲིད་ཞུ་བར་ཕྱིན་པས།
སེམས་པ་འགོར་ཀྱང་མི་ཐུབ།
བྱམས་པའི་ཕྱོགས་ལ་ཤོར་སོང་།

娘を想う我が心
正しき御法に向かいなば
今生《こんじょう》この身即身に
成仏まさにまがいなし

སེམས་པ་འདི་ལ་འགྲོ་འགྲོ
དམ་པའི་ཆོས་ལ་ཕྱིན་ན།
ཚེ་གཅིག་ལུས་གཅིག་ཉིད་ལ།
སངས་རྒྱས་ཐོབ་པ་འདུག་གོ་

我が御教えの喇嘛僧は
想いだにすれ現われず
かの清楚なる娘子《むすめご》は
想わざれども心離れず

སྒོམ་པའི་བླ་མའི་ཞལ་རས།
ཡིད་ལ་འཆར་རྒྱུ་མི་འདུག
མ་སྒོམ་བྱམས་པའི་ཞལ་རས།
ཡིད་ལ་ཧྲ་ལེ་ཧྲ་ལེ།

黒く書かれし墨の文字
水の滴《しずく》に消え去りぬ
記し留めずも心絵は
拭《ぬぐ》い消せども消え去らず

བྲིས་པའི་ཡི་གེ་ནག་ཆུང་།
ཆུ་དང་ཐིག་པས་འཇིག་སོང་།
མ་བྲིས་སེམས་ཀྱི་རི་མོ།
བསུབས་ཀྱང་ཟུབ་རྒྱུ་མི་འདུག

矢は放たれて的を射て
矢じりは地面に突き刺さり
幼馴染《おさななじ》みの愛し娘《こ》に
従い往きし我が心

མདའ་མོ་འབེན་ལ་ཕོག་སོང་།
མདེའུ་ས་ལ་འཛུལ་སོང་།
ཆུང་འདྲིས་བྱམས་པ་འཕྲད་བྱུང་།
སེམས་ཉིད་རྗེས་ལ་འབྲངས་སོང་།

娘の心に従わば
我が今生《こんじょう》に仏縁なし
山谷《さんこく》深く籠りなば
娘の心に背きなん

མཛངས་མའི་ཐུགས་དང་བསྟུན་ན།
ཚེ་འདིའི་ཆོས་སྐལ་ཆད་འགྲོ
དབེན་པའི་རི་ཁྲོད་འགྲིམས་ན།
བུ་མོའི་ཐུགས་དང་འགལ་འགྲོ

愛しの娘留まらず
仏の門に入りなば
若き我とて留まらじ
山の庵に籠りなん

སེམས་སྡོང་བུ་མོ་མི་བཞུགས།
དམ་པའི་ཆོས་ལ་ཕེབས་ན།
ཕོ་གཞོན་ང་ཡང་མི་སྡོད།
རི་ཁྲོད་འགྲིམ་ལ་ཐལ་འགྲོ

千の花びらもつ葵《あおい》
仏の供物《くもつ》に献じなば
若き蜜蜂この我を
ともに仏間に連れよかし

སྟོང་ལྡན་ཏ་ལོའི་མེ་ཏོག
མཆོད་པའི་རྫས་ལ་ཕེབས་ན།
གཡུ་སྦྲང་གཞོན་ནུ་ང་ཡང་།
ལྷ་ཁང་ནང་ལ་ཁྲིད་དང་།

運勢上向《うわ》くこの時に
祈願の旗を立てしかば
良家の清き娘子《むすめご》に
宴《うたげ》の客に招かれし

རླུང་རྟ་ཡར་འགྲོའི་དུས་ལ།
རླུང་བསྐྱེད་དར་ལྕོག་བཙུགས་པས།
མཛངས་མ་མ་བཟང་བུ་མོའི།
མགྲོན་པོ་ལ་ནི་བོས་བྱུང་།

歯白く笑《え》みをほころばす
居並ぶ娘を見渡せし
一つのあだなる流し目が
我が顔容《かんばせ》に注がれし

སོ་དཀར་ཕྲགས་པའི་འཛུམ་མདངས།
བཞུགས་གྲལ་སྐྱི་ལ་བལྟས་ན།
མིག་ཟུར་ཁྲ་མོའི་སྒྲིལ་མཚམས།
གཞོན་པའི་གདོང་ལ་བལྟས་བྱུང་།

心娘に恋い焦《こ》がれ
我が伴侶《みちずれ》に乞いしかば
死してやむなく別るとも
生きて別るることなからん

ད་ཅང་སེམས་ལ་སོང་ནས།
འགྲོགས་འདྲིས་ཨེ་ཡོང་དྲིས་པས།
འཆི་བྲལ་བྱེད་པ་མིན་ན།
གསོན་བྲལ་མི་བྱེད་གསུངས་བྱུང་།

微笑《ほほえ》みかける白き歯に
若き男《お》の子は魅了さる
熱き真心あるやなし
我に誓いて告げ給え

འཛུམ་དང་སོ་དཀར་སྟོན་ཕྱོགས།
གཞོན་པའི་བློ་ཁྲིད་ཡིན་འདུག
སྙིང་ནས་ཤ་ཚ་ཡོད་མེད།
དབུ་མནའ་བཞེས་རོགས་གནང་དང་།

小さな黒き印鑑は
人の言葉は話さざる
誠意とともに恥じらいは
二人の心に刻《きざ》まれよ

རྒྱབ་པའི་ནག་ཚུང་ཐེ་ཙུས།
གསུང་སྐད་འགྲོན་ནི་མི་ཤེས།
ཁྲེལ་དང་གཞུང་གི་ཐེ་ཙུ།
སོ་སོའི་སེམས་ལ་སྐྱོན་དང་།

我が愛《いと》おしの永久《とわ》の伴侶《とも》
誠意と恥のなかりせば
御髪《みぐし》にさしたトルコ石
告ぐるあたわず悲しきや

གཏན་གྲོགས་ཁྱོད་ལ་བསམས་པའི།
ཁྲེལ་དང་ངོ་ཚ་མེད་ན།
མགོ་ལ་རྒྱབ་པའི་གཙུག་གཡུས།
སྐད་ཆ་སླས་ནི་མི་ཤེས།

幼馴染みの愛し娘《ご》に
願いの旗を柳の木
林務官なる兄弟よ
石を投《とう》ずることなかれ

ཆུང་འདྲིས་བྱམས་པའི་རླུང་བསྐྱེད།
ལྕང་མའི་ལོགས་ལ་བཙུགས་ཡོད།
ལྕང་སྲུང་ཨ་ཇོ་ཞལ་ངོས།
རྡོ་ཀ་རྒྱག་པ་མ་གནང་།

人恋いそめしはじめより
夜な夜な床に寝つかれず
日に日に心物思い
休むいとまの露もなし

སེམས་པ་ཕར་ལ་ཤོར་ནས།
མཚན་མོའི་གཉིད་ཐེབས་གཙིག་གི་
ཉིན་མོ་ལག་ཏུ་མ་ལོན།
ཡིད་ཐང་ཆད་རོགས་ཡིན་པ།

三日月白く輝きて
白き衣《ころも》を纏《まと》いおる
誓えよ我と十五夜に
忍び逢わんと愛し娘《こ》よ

ཚེས་གསུམ་ཟླ་བ་དཀར་བ།
དཀར་གོས་ནང་ནས་ཚོད་སོང་།
བཅོ་ལྔའི་ནམ་དང་མཉམ་པའི།
ཞལ་བཞེས་ཅིག་ཀྱང་གནང་ཞུ།

十五夜の月澄みわたり
我が愛し娘《ご》の面影や
月面《つきも》に住まう白兎
わずかな露命《ろめい》尽き果てん

ཚེས་ཆེན་བཅོ་ལྔའི་ཟླ་བ།
ཡིན་པ་འདྲ་བ་འདུག་སྟེ།
ཟླ་བའི་དཀྱིལ་གྱི་རི་བོང་།
ཚེ་ཟད་ཚར་ནས་འདུག་གོ

今月かなたに去りゆきて
来月こちらに近付かん
吉祥白き上弦に
我が愛し娘《ご》にまみえんや

ཟླ་བ་འདི་ནས་ཕར་འགྲོ
ཉེང་མའི་ཟླ་བ་ཚུར་ཡོང་།
བཀྲ་ཤིས་ཟླ་བ་དཀར་པོའི།
ཟླ་སྟོད་ཕྱོགས་ལ་མཇལ་ཡོང་།

表《おもて》の解けし凍《い》て地には
馬を放つにあらずかし
逢いて間もなき愛し娘《ご》に
心打ち明くることなかれ

ས་དེ་ཁ་ཞུ་གཏིང་འཁྲུགས།
རྟ་ཕོ་གཏོང་ས་མ་རེད།
གསར་འགྲོགས་བྱམས་པའི་ཕྱོགས་སུ།
སྙིང་གཏམ་བཤད་ས་མ་རེད།

秘め事父母に告げずして
幼馴染みの愛し娘《こ》に
愛し娘連《つれ》に告げしより
秘密は漏れて広がりぬ

སྙིང་གཏམ་ཕ་མར་མ་བཤད།
ཆུང་འདྲིས་བྱམས་པར་བཤད་པས།
བྱམས་པ་ཞྭ་ཡོ་མང་ནས།
གསང་གཏམ་དགྲ་བོས་གོ་སོང་།

ポタラ宮でのお名前は
ツァンヤン・ギャムツォ修行僧
ラサの下町ショルにては
放蕩《ほうとう》ダンサン・ワンポなり

＊ポタラ宮＝ラサのダライ・ラマの宮殿
ショル＝ポタラ宮殿の下の界隈

པོ་ཏ་ལ་རུ་བཞུགས་དུས།
རིག་འཛིན་ཚངས་དབྱངས་རྒྱ་མཚོ།
ལྷ་ས་ཞོལ་དུ་སྡོད་དུས།
འཆལ་པོ་དྭངས་བཟང་དབང་པོ།

人我がことを噂せり
許せよすべてそのままに
若き男《お》の子は三歩《みほ》歩み
妓楼《ぎろう》通《かよ》いに明け暮れる

མི་ཚོས་ང་ལ་ལབ་པ།
དགོངས་སུ་དག་པ་ཁག་ཐེག
ཨོ་ལོའི་གོམ་གསུམ་ཕྲ་མོ།
གནས་མོའི་ནང་ལ་ཐལ་སོང་།

表《おもて》黄色く中黒の
雲出《い》で霜と雹《ひょう》の降る
非僧非俗の修行者は
仏の教えの敵《かたき》なり

སྤྲིན་པ་ཁ་སེར་གཏིང་ནག
སད་དང་སེ་རའི་གཞི་མ།
བན་དེ་སྐྱ་མིན་སེར་མིན།
སངས་རྒྱས་བསྟན་པའི་དགྲ་བོ།

十地《じゅうじ》に住まう金剛の
誓いを立てし護法尊
神通力《じんつうりき》のあるならば
教えの敵を破れかし

*十地＝仏教の最高の境地

ས་བཅུའི་དབྱིངས་སུ་བཞུགས་པའི།
དམ་ཅན་རྡོ་རྗེ་ཆོས་སྐྱོང་།
མཐུ་དང་ནུས་པ་ཡོད་ན།
བསྟན་པའི་དགྲ་བོ་སྒྲོལ་དང་།

人にもまして智慧のある
顎鬚《あごひげ》と呼ぶ老いし犬
我黄昏《たそがれ》に起きいでて
夜明けに帰ると言うなかれ

ཁྱི་རྒན་རྒྱ་པོ་ཟེར་བ།
རྣམ་ཤེས་མི་ལས་སྤྱང་བ།
སྲོད་ལ་ཡངས་སོང་མ་ཟེར།
ཐོ་རངས་ལོག་བྱུང་མ་ཟེར།

黄昏れ忍び愛し娘《こ》と
夜《よ》の白《しら》み明け雪の降り
秘めど詮なし足跡は
雪に定かに刻まれし

སྲོད་ལ་བྱམས་པ་བཙལ་བས།
ཐོ་རངས་ཁ་བ་བབ་བྱུང་།
གསང་དང་མ་གསང་མི་འདུག
ཞབས་རྗེས་གངས་ལ་བཞག་ཡོད།

ラサの街には人いきれ
チョンギェの人しうるわしき
幼馴染みの愛し娘《ご》は
チョンギェの谷に住まう人

*チョンギェ＝ラサの東南、ツァンポ川の右岸

ལྷ་ས་མི་ཚོགས་མཐུག་ལ།
འཕྱོངས་རྒྱས་མི་སྤུས་དག་པ།
ང་ལ་ཡོད་པའི་ཆུང་འདྲིས།
འཕྱོངས་རྒྱས་གཞུང་ལ་ཡོད་དོ།

東インドの婀娜《あだ》孔雀《くじゃく》
コンポの奥のおうむとは
生まれ故郷は違えども
会うは法輪ラサの街

*コンポ＝ラサの東、ツァンポ川の左岸　*法輪＝仏教の中心地の意味

རྒྱ་གར་ཤར་གྱི་རྨ་བྱ།
ཀོང་ཡུལ་མཐིལ་གྱི་ནེ་ཙོ།
འཁྲུངས་ས་འཁྲུངས་ཡུལ་མི་གཅིག
འཛོམས་ས་ཆོས་འཁོར་ལྷ་ས།

モンの国よりほととぎす
来たりて時は春めきぬ
我《われ》愛し娘《ご》と睦《むつ》みあい
やすらぎ覚《おぼ》ゆ身と心

＊モン＝ヒマラヤ山脈の南麓、現在のインドのアルナチャル・プラデシュ州

ཁུ་བྱུག་མོན་ནས་ཡོང་བས།
གནམ་ལོའི་ས་བཅུད་འཕེལ་སོང་།
ང་དང་བྱམས་པ་ཕྲད་ནས།
ལུས་སེམས་ལྷོད་པོར་ལངས་སོང་།

もの言うおうむ今しばし
くちばし閉じてくれよかし
柳林《やなぎばやし》のほおじろが
妙《たえ》なる調べ奏《かな》でおり

བྱ་དེ་སྨྲ་མཁན་ནེ་ཙོ།
ཁ་རོག་བཞུགས་རོགས་མཛོད་དང་།
ལྕང་གླིང་ཨ་ལྕེ་འཇོལ་མོ།
གསུང་སྙན་སྐྱུར་དགོས་བྱས་བྱུང་།

柳は小鳥に懸想《けそう》して
小鳥は柳に懸想する
互いに懸想する仲に
鷹の割り込む隙間なし

ལྕང་མ་བྱི་འུར་སེམས་ཤོར།
བྱི་འུ་ལྕང་མར་སེམས་ཤོར།
སེམས་ཤོར་མཐུན་པ་བྱུང་ན།
སྐྲུ་ཁྲ་ཧོར་པས་མི་ཐུབ།

我と愛し娘《こ》忍び逢い
南の国の森の中
もの言うおうむを除きては
誰一人とて知らざるを
もの言うおうむ聞けよかし
深き秘《ひ》め事告ぐなかれ

ང་དང་བྱམས་པའི་སྐྱེབས་ས།
ལྷོ་རོང་ལྗོན་པའི་ནགས་གསེབ།
སྨྲ་མཁན་ནེ་ཙོ་མ་གཏོགས།
སུ་དང་གང་གིས་མི་ཤེས།
སྨྲ་མཁན་ནེ་ཙོ་ཨོ་ཤེས།
གསང་ཁ་མདོ་ལ་མ་གནང་།

頭に帽子うち被り
背中に長きおさげ髪
さようなら、と愛し娘《こ》が
さようなら、と彼の言う
心悲し、と娘言い
またすぐ逢わん、と彼の言う

དབུ་ཞྭ་དབུ་ལ་བཞེས་སོང་།
དབུ་ལྕང་རྒྱབ་ལ་དབྱུགས་སོང་།
ག་ལེར་ཕེབས་ཤིག་བྱས་པས།
ག་ལེར་བཞུགས་ཤིག་གསུང་གིས།
ཐུགས་སེམས་སྐྱོ་ཡོང་བྱས་པས།
མགྱོགས་པོ་འཕྲད་ཡོང་གསུངས་བྱུང་།

恋する二人の出逢いしは
酒場のおかみの手引きなり
愛の証《あかし》の生れなば
汝自ら育《はぐく》まん

སྙིང་ཐུབ་བྱ་རྗེ་ལམ་འཕྲད།
ཨ་མ་ཆང་མས་སྦྲར་བྱུང་།
ལན་ཆགས་བུ་ཡོན་བྱུང་ན།
འཚོ་སྐྱོང་ཁྱོད་རས་གནང་ཞུ།

愛し娘《ご》たえて死なざれば
酒尽きることなかるまじ
若き身空《みそら》の常の宿
ここを除いていずこにか

བུ་མོར་འཆི་བ་མེད་ན།
ཆང་ལ་འཛད་པ་མི་འདུག
གཞོན་པའི་གཏན་གྱི་སྐྱབས་གནས།
འདི་ལ་བཅོལ་བས་ཡོས་ཆོག

我と巷《ちまた》の娘とは
三《み》文字の契《ちぎ》り結びしが
蛇のとぐろを解くごとく
おのずと解けて失《う》せにけり

＊三文字の契り＝永久《とわ》の愛の契り

ང་དང་ཚོང་འདུས་བུ་མོའི།
ཚིག་གསུམ་དམ་བཅའི་མདུད་པ།
ཁྲ་བོའི་སྦྲུལ་ལ་མ་བཀྲུབ།
རང་རང་ས་ལ་གྲོལ་སོང་།

タクパ・シェルリの雪解け水
風鈴草の露滴《つゆしずく》
ともに甘露《かんろ》の薬水《くすりみず》
遊女は智慧のダーキニー
潔き誓いで飲み干さば
えも悪趣には落ちまじな

*タクパ・シェルリ（水晶山）＝ツァンポ川の右岸ツァリ地方の聖なる山（標高五七三五メートル）
*ダーキニー＝タントラ仏教の女神

དག་པ་ཤེལ་རི་གངས་ཆུ།
ཀླུ་བདུད་རྡོ་རྗེའི་ཟིལ་པ།
བདུད་རྩི་སྨན་གྱི་ཕབ་རྒྱུན།
ཚང་མ་ཡེ་ཤེས་མཁའ་འགྲོ
དམ་ཚིག་གཙང་མས་བཏུང་ན།
ངན་སོང་ཕྱོང་དགོས་མི་འདུག

若きコンポの少年は
蜘蛛《くも》にかかりし蜂に似て
三晩褥《しとね》をともにして
仏の教え顧《かえり》みる

སྦྲང་བུ་རྒྱ་ལ་བཙུག་འདྲ།
ཀོང་ཕྲུག་གཞོན་པའི་བློ་སྣ།
ཞག་གསུམ་ཉལ་རོགས་བྱས་པས།
ཕུགས་ཡུལ་ལྷ་ཆོས་དྲན་བྱུང་།

柔肌《やわはだ》熱く燃ゆる娘《こ》は
褥《しとね》で我を待ち焦《こ》がれ
若き男《お》の子の財宝を
偽《いつわ》り盗みとらんとや

ཤ་འཇམ་མལ་ས་ནང་གི
སྙིང་ཐུབ་གདུང་སེམས་ཅན་མ།
ཨོ་ལོའི་རྒྱུ་ནོར་འཕྲོག་པའི།
གཡོ་སྒྱུ་བཤད་པ་མིན་འགྲོ

虚空の星の動きすら
地に書く図にて知らるるを
娘の肌はなじめども
意中を計る術《すべ》はなし

ཤ་འཛམ་ལུས་པོ་འདྲིས་ཀྱང་།
བྱམས་པའི་གཏིང་ཚོད་མི་ཡོན།
ས་ལ་རི་མོ་བྲིས་པས།
ནམ་མཁའི་སྐར་ཚོད་ཐིག་བྱུང་།

山野《さんや》に駆ける牝《めす》馬は
罠と縄にて捕らまえん
背を向け往きし愛し娘《こ》は
呪文《じゅもん》ですらも捕らえがたし

རྟ་རྒོད་རི་ལ་ཀྱུབ་པ།
རྙི་དང་ཞགས་པས་ཟིན་གྱིས།
བྱམས་པ་ངོ་ལོག་ཀྱུབ་པ།
མཐུ་ངོ་ཟིན་པ་མི་འདུག

犬虎または豹にせよ
肉一切れで手懐《なつ》くを
髪の毛長き牝虎は
懐きて尚も荒々し

ཁྱི་དེ་སྟག་ཁྱི་གཟིག་ཁྱི།
ལྷག་ཁ་སྟེར་ནས་འདྲིས་སོང་།
ནང་གི་སྟག་མོ་རལ་འཛོམས།
འདྲིས་ནས་མཐུ་རུ་ལངས་སོང་།

娘は母より生れしや
桃の木よりや生れしや
娘の愛のうつろいは
桃花《とうか》散るより速《すみ》やかぞ

བུ་མོ་ཨ་མར་མ་སྐྱེས།
ཁམ་བུའི་ཤིང་ལ་སྐྱེས་སམ།
ཨ་གསར་ཟད་པ་ཁམ་བུའི།
མེ་ཏོག་དེ་ལས་མགྱོགས་པ།

幼馴染みの愛し娘《ご》は
狼の血を引くやらん
我が肉皮《にくかわ》をむさぼりて
山野に戻るいでたちぞ

བུ་མོ་ཆུང་འདྲིས་བྱམས་པ།
སྤྱང་ཀིའི་རིགས་རྒྱུད་མིན་ནམ།
ཤ་འདྲིས་ལྤགས་འདྲིས་བྱུང་ཡང་།
རི་ལ་ཡར་གྲབས་མཛད་ཀྱིས།

河往《ゆ》く船の心なき
馬頭ですらも後《うしろ》見む
かの移り気《ぎ》の愛し娘《ご》は
焦《こ》がるる我を返り見ず

*馬頭＝チベットの船の舳先は、馬の頭の形をしている

གྲུ་ཤན་སེམས་པ་མེད་ཀྱང་།
རྟ་མགོས་ཕྱི་མིག་བལྟས་བྱུང་།
ཁྲེལ་གཞུང་མེད་པའི་བྱམས་པས།
ང་ལ་ཕྱི་མིག་མི་ལྟ།

宇宙の軸なる須弥山《しゅみせん》よ
揺るぐことなく堅固たれ
周りを巡《めぐ》る日月は
えも過《あやま》たじその歩み

*須弥山＝インドの宇宙観で世界の中心にある山

དབུས་ཀྱི་རི་རྒྱལ་ལྷུན་པོ།
མ་འགྱུར་བརྟན་པར་བཞུགས་དང་།
ཉི་མ་ཟླ་བའི་བསྐོར་ཕྱོགས།
ནོར་ཡོང་བསམ་པ་མི་འདུག

人の世の死と無常とを
たえて心に思わずば
いかに聡明《そうめい》たりといえ
けだし愚《ぐ》昧《まい》にあらざるや

སྐྱེ་འགྲོ་མི་རྟག་འཆི་བ།
སྙིང་ནས་མ་དྲན་ཞེར་ན།
སྐྱུང་གྱུང་འཛོམས་མདོག་ཁ་ཡང་།
དོན་ལ་གླུགས་པ་འདྲ་བྱུང་།

我《われ》を愛せし愛し娘《ご》は
人の伴侶に娶《めと》られし
我残されて病《や》み臥《ふ》して
心も肉も痩《や》せこけぬ

རང་ལ་དགའ་བའི་བྱམས་པ།
གཞན་ལ་མདུན་མར་བླངས་སོང་།
ཁོང་ནང་སེམས་པའི་གཙོང་གིས།
ལུས་པོའི་ཤ་ཡང་བསྐམས་སོང་།

心を奪う婀娜《あだ》天女
我が狩人《かりうど》が捕らえしも
人世《ひとよ》を統《す》べる権力者
ノルサン王子に奪われし

＊ノルサン＝仏の前世譚《ジャータカ》に登場する人物の名前

སྙིང་ཐུབ་ཡིད་འཕྲོག་ལྷ་མོ།
རྔོན་པ་རང་གིས་ཟིན་ཀྱང་།
དབང་ཆེན་མི་ཡི་དཔོན་པོ།
ནོར་བཟང་རྒྱལ་བུས་འཕྲོགས་སོང་།

岩と風とはあい計り
鷹の羽根毛を毟《むし》り取り
悪《わる》たくらみと偽りに
我《われ》骨皮《ほねかわ》に憔悴《しょうすい》す

བྲག་དང་རླུང་པོ་བསྡེབས་ནས།
རྒོད་པོའི་སྒྲོ་ལ་གཟན་བྱུང་།
གཡོ་ཅན་རྫུ་བག་ཅན་གྱིས།
ང་ལ་གཟན་པོ་བྱས་བྱུང་།

愛し娘《ご》いずこ盗まれし
占いいずこ探すべし
愛しき心の娘子《ご》は
夢に巡りて現わるる

སྙིང་སྡུབ་རྐུ་ལ་ཤོར་སོང་།
མོ་ཕྲུ་རྩིས་འབྲུལ་རན་སོང་།
བུ་མོ་གདུང་སེམས་ཅན་མ།
རྨི་ལམ་ནང་ལ་འཁོར་སོང་།

我が手に宝持てし時
宝の貴《とうと》さ知らざりき
宝を掌《て》より失いて
心悲痛《ひつう》に泣きくれぬ

ནོར་བུ་རང་ལ་ཡོད་དུས།
ནོར་བུའི་ནོར་ཉམས་མ་ཚོད།
ནོར་བུ་མི་ལ་ཤོར་དུས།
སྙིང་ཀླུང་སྡོད་ལ་ཚངས་བྱུང་།

たえてし君と逢わざれば
想い煩う心なし
さらにし恋に落ちざれば
君をし慕う悩みなし

དང་པོ་མ་མཐོང་ཆོག་པ།
སེམས་པ་ཤོར་དོན་མི་འདུག
གཉིས་པ་མ་འདྲིས་ཆོག་པ།
སེམས་གཅོང་ཡོང་དོན་མི་འདུག

去年《こぞ》種蒔きし苗麦《なえむぎ》も
今年はすでに藁《わら》の束
若きも老いの身となりて
南の竹の弓より硬し

ན་ཉིང་བཏབ་པའི་ལྗང་གཞོན།
ད་ལོ་སོག་མའི་ཕོན་ལྷོག
ཕོ་གཞོན་རྒས་པའི་ལུས་པོ།
ལྷོ་གཞུ་དེ་ལས་གྱོང་བ།

草木《くさき》に降りし白き霜
木枯《こが》らし告ぐる先触《さきぶ》れぞ
花と蜂とが睦《むつ》みしを
引き裂きしこそ汝なり

རྩི་ཐོག་བ་མོའི་ཁ་ལ།
སྐྱ་སེར་རླུང་གི་ཕོ་ཉ།
མེ་ཏོག་སྦྲང་བུ་གཉིས་ཀྱི།
འབྲལ་མཚམས་བྱེད་མཁན་ཁྱོས་ཡིན།

花咲き乱れうつろえど
蜜吸う蜂は悲しまじ
恋の縁《えにし》は尽きせども
えも悲しまじわが心

མེ་ཏོག་ནམ་ཟླ་ཡལ་སོང་།
གཡུ་སྦྲང་སེམས་པ་མ་སྐྱོ།
བྱམས་པའི་ལས་འཕྲོ་ཟད་པར།
ང་ནི་སྐྱོ་རྒྱུ་མི་འདུག

このつかのまの人生で
我喜びに浸《ひた》りけり
来世の春にまたしても
逢えるや否や娘子《ご》に

ད་ལྟའི་ཚེ་ཐུང་འདི་ལ།
དེ་ཁ་ཙམ་ཞིག་ཞུས་ནས།
ཧྗེང་མ་ཁྲིས་པའི་ལོ་ལ།
མཇལ་འཛོམ་ཨེ་ཡོང་བལྟོ།

ああ白鳥の飛び来たり
しばし水面《みなも》に佇むも
厚き氷に覆われし
時を怨んで涙せり

ངང་པ་འདམ་ལ་ཆགས་ནས།
རེ་ཞིག་སྡོད་དགོས་བསམས་ཀྱང་།
མཚོ་མོ་དར་ཁ་འཁྲིགས་ནས།
རང་སེམས་ཁོ་ཐག་ཆོད་སོང་།

黄泉《よみ》の地獄の閻魔《えんま》王
善悪映す鏡持つ
この世は公正ならずとも
あの世に清き裁きあれ

ཤི་དེ་དམྱལ་བའི་ཡུལ་གྱི
ཆོས་རྒྱལ་ལས་ཀྱི་མེ་ལོང་།
འདི་ན་ཁྲིག་ཁྲིག་མི་འདུག
དེ་ནས་ཁྲིག་ཁྲིག་གནང་ཞུ།

ああ白鳥よ心あらば
我に翼を貸せよかし
遠くに飛ぶにあらずして
理塘《リタン》を巡りて帰り来ん

＊理塘＝東チベットの地名。ダライ・ラマ七世誕生の地

བྱ་དེ་ཁྲུང་ཁྲུང་དཀར་མོ།
ང་ལ་གཤོག་རྩལ་གཡར་དང་།
ཐག་རིང་རྒྱང་ལ་མི་འགྲོ་
ལི་ཐང་བསྐོར་ནས་སླེབས་ཡོང་།

青海湖
（ココ・ノール）
青海省
クンガ・ノール湖
甘粛省
黄河
陝西省
中華人民共和国
デルゲ
（徳格）
チャムド
（昌都）
メコン川
金沙江（揚子江）
バタン
（巴塘）
リタン
（理塘）
四川省
成都
サルウィン川
貴州省
ミャンマー
雲南省
国境線
省境
国境未確定線

カザフスタン
ウズベキスタン
キルギス
タジキスタン
アフガニスタン
パキスタン
モンゴル
北朝鮮
韓国
日本
中華人民共和国
ネパール
ブータン
太平洋
台湾
マカオ
香港
バングラデシュ
インド
ミャンマー
ラオス
タイ
ベトナム
カンボジア
フィリピン
N
0
1000
2000km

ナクチュ(那曲)
チベット自治区
ラサ(拉薩)
ツァンポ川
コンポ
ナンカルツェ
ギャンツェ
チョンギェ
タクパ・シェルリ
ヒ マ ラ ヤ 山 脈
モ ン
ツォナ
タワン
ブータン
ティンプ
アルナチャル・プラデシュ州
ネパール
ブラマプトラ川
N
バングラデシュ
0
200
400km
インド

訳者解説

時代背景

●七世紀に始まり、以後十数世紀の長きにわたるチベットの全歴史を通じて、ダライ・ラマ六世ツァンヤン・ギャムツォ（一六八三—一七〇六）ほど希有な人生を送った人物は他にいないであろう。彼が生きた時代は、世界の屋根チベット、モンゴル平原、中央アジア、中国という広大な舞台で、「制服王朝」である清朝を樹立した満洲人、北アジアの草原に覇権を誇るモンゴル人、そして軍事的に優勢なこの二民族を相手に、仏教の権威で対抗しようとするチベット人、この三者が、互いに策略を弄《ろう》し、三つ巴となって鎬《しのぎ》を削った、東アジア史上最も錯綜した激動の時代であった。当時チベット仏教は、チベット人のみならず、モンゴル人、満洲人のあいだにも深く浸透していた。満洲族の清朝は、チベット仏教の権威の下に諸民族の政治的融和を図るべく、その頂点に立つダライ・ラマ五世ンガワン・ロサン・ギャムツォ（一六一七—一六八二）を利用しようとしていた。

◉こうした状況下で、ダライ・ラマ五世没後、ヒマラヤ山脈の南麓に生まれたブータン人の血を引く少年が、ダライ・ラマ六世として認定された。彼は、チベットの首都ラサのポタラ宮殿に招き入れられ、この政治的激流の中に否応なく放り込まれ、翻弄《ほんろう》された。彼は、チベット仏教界最高権威の化身、ダライ・ラマとして養育されながら、成人するや、僧侶としての道を歩まず還俗《げんぞく》し、ラサの街に浮き名を流し、廃位され、二十年あまりの短い生涯を終えた。その特異な生き方にも拘わらず、あるいはそれ故に、彼が残した恋愛詩は、現在に到るまでチベット人に広く愛唱されており、彼は歴代ダライ・ラマの中で最もチベット人に親しまれているダライ・ラマである。

◉七世紀から九世紀にかけて、チベットはアジア最強の軍事勢力として栄えた。中国史料では吐蕃《とばん》の名で知られるが、七六三年には唐の都長安を占領し、新皇帝を擁立する程の勢力であった。この時期は、チベットが完全に独立国家として存在した時代であり、チベット史上の「軍事」黄金時代であった。

◉十世紀以後、チベットは政治的・軍事的勢力としてではなく、仏教国としてアジアの中でユニークな位置を占めるようになった。数世紀にわたって、いくつ

も の宗派が創設され、各宗派が教圏拡大に奔走した結果、チベット仏教は、チベットのみならず、モンゴル、中国、ネパール、東部ヒマラヤの南麓といった広大な地域に広まった。チベット仏教の諸派は各々、各地の政権、有力氏族を信者・寄進者・保護者として確保し、錯綜した群「宗」割拠の相を呈していた。そして、十六世紀および十七世紀前半は、有力氏族を後楯とした宗派間の対立・抗争がたえず、戦「宗」時代であった。この状況に終止符を打ち、チベットを仏教国家として統一し、チベット人・モンゴル人・満洲人をその影響下に置く「仏教」黄金時代の礎を築いたのは、ダライ・ラマ五世であった。

◉チベット仏教ゲルク派に属するダライ・ラマ五世は、青海地方に拠点を構えていたモンゴルのオイラト族のホシュート部族の首長であり、熱心な仏教徒であったグシ・ハン（一六五五年没）に支援を要請した。それに応えてグシ・ハンは、ダライ・ラマ五世の対抗勢力を打ち破り、一六四二年にダライ・ラマ五世を全チベットの宗教的指導者として奉った。これが、一九五九年まで三世紀続いたダライ・ラマを長とするゲルク派政権の始まりである。しかし、当初の政治的・軍事的支配権は「チベット王」の称号をもったグシ・ハンにあった。彼は中央チベットには常住しなかったので、モンゴル人の血を引き、以前からデプン寺でダライ・ラマ五世に仕えていたソナム・チョペル(一六五八年没)を自らの代理として「摂政」に任命し、ダライ・ラマ五世の許に残した。

◉軍事的にはモンゴル人に制圧されたチベットであるが、宗教面では逆で、モンゴル人は、チベット仏教の信者として、その最高権威者であるダライ・ラマ五世に帰依し、寄進し、保護する立場にあった。ダライ・ラマ五世は、この両面性のある関係を巧みに利用し、宗教者としての傑出したカリスマ性と、卓越した政治手腕で、徐々に自らの影響力を強めていき、チベットの実質的支配者となった。そして、その宗教的権威はモンゴル人社会に大きな影響力を持つようになった。

◉このモンゴル人に対するダライ・ラマ五世の影響力に目をつけたのが、当時中国に清朝を樹立し、モンゴル人支配にも意欲を燃やしていた満洲人である。順治《じゅんち》帝(一六三八—一六六一、在位一六四三—一六六一)は、ダライ・ラマ五世を北京に招き、両者は一六五二年に会見し、以後一九一一年まで二世紀半に及ぶチベット・清朝の関係が始まった。時に三十代半ばで、既に政治家として宗教家として大成していたダライ・ラマ五世は、まだ十五歳であった順治帝に、威圧的なインパクトを与えたことであろう。こうして結ばれたチベットと清朝の関係は、成文化されたものではなく、極めて曖昧で、チベット人・モンゴル人の関係と同じく両面性のあるものであった。宗教面ではダライ・ラマを頂点とするチベットが、信者であり寄進者・保護者である清朝に対して優位を占めるが、清朝は帝国支配の立場からチベットを属国扱いすると同時に、ダライ・ラマの宗教的権威をモンゴル人を有効に支配するのに巧みに利用しようとした。両者の視点はまったく次元を異にしており、相互に自分に都合のいいようにしかお互いの関係を捉えておらず、これが後に中華民国、中華人民共和国にと受け継がれ、現在のチベット問題にまで尾を引いている。

◉チベット人・モンゴル人・満洲人(清朝)の関係は表面上は穏やかであったが、三者三様の思惑があり、複雑であった。順治帝に次いで即位した、清朝最大の名君である康熙《こうき》帝(一六五四―一七二二、在位一六六一―一七二二)治世の初期に、呉三桂《ごさんけい》(一六一二―一六七八)を始めとする漢人武将が北京の清朝に反旗を翻した。いわゆる三藩の乱(一六七三―一六八一)である。この時ダライ・ラマ五世は、満洲人の清朝はいまにも倒れるのではないかと思ったのであろう、清朝と反乱軍に二股をかけた。反乱が鎮静されてから、康熙帝はこのことを知り、心証を大いに害し、以後ダライ・ラマ五世にたいする警戒心を強めた。

◉康熙帝が、ダライ・ラマ五世に不信感を抱く理由は他にもあった。一六七六年にモンゴル人最後の遊牧帝国ジュンガルの首長となり、その後清朝と敵対することになったガルダン(一六六四―一六九七)は、かつて、ダライ・ラマとならぶゲルク派の最高位化身であるパンチェン・ラマ四世ロサン・チョキ・ギェルツェン(一五七〇―一六六二)の許で修行したあと、ダライ・ラマ五世にも師事していた。それ故に、ダライ・ラマ五世は、たえず親ジュンガル政策をとっていた。このことも、炯眼な康熙帝がダライ・ラマ五世にたいする警戒心を緩めなかった理由である。

◉ところが、ガルダンが、ジュンガル勢力圏の拡大のため、東方に遠征して、清朝と抗争を繰り返す間に、故国では甥のツェワン・ラプテン(一六六三―一七二七)が実権を掌握し、一六九一年にはジュンガルを支配下に納め、康熙帝と連繋をとった。こうしてガルダンは孤立した。それまでガルダンを保護者と頼み、彼を清朝にたいして煽動さえしていたダライ・ラマ五世政権(後述するが、ダライ・ラマ五世は既に一六八二年に没していた。摂政サンギェ・ギャムツォ(一六五三―一七〇五)は、その死を隠蔽し、ダライ・ラマ五世の権威で、チベットを実質上支配していた)は、ガルダンももうこれまでと見切りをつけ、あらたにジュンガルの覇者となったツェワン・ラプテンに称号を与え、保護者として頼みにした。決して鞍替えしたわけではないが、以前三藩の乱の時に、満洲人の清朝と中国南部の漢人武将に二股をかけたのと同じ態度である。独自の軍事力を持たない仏教国家であるチベットの、日和見主義的な、したたかとも不節操ともいえる保護者獲得政策である。

◉いずれにせよガルダンは、康熙帝親征の討伐軍に追いやられ、一六九七年に病死した。摂政サンギェ・ギャムツォがダライ・ラマ五世の死を康熙帝に報告したのは、この直前であった。「実はダライ・ラマ五世は既に十五年前に遷化しましたが、その遺言に従って今までそれを外部には知らせずにいました。今、その時期が来ましたので、その旨御報告いたします。と同時に、十五歳になる化身が近く即位することになっております」と使者は奏上した。

◉康熙帝は、ずっと前からダライ・ラマ五世は既にこの世にいないであろうと察していたが、こうして十五年もの間摂政サンギェ・ギャムツォがそれをひた隠しにして、チベットの政権を恣《ほしい》がままにしてきたことにあらためて憤りを感じた。それゆえ、摂政サンギェ・ギャムツォを叱責するため、使者をラサに遣わした。しかし、ダライ・ラマ六世の即位式は、既成事実として承認せざるをえず、やむなく名代としてチャンキャ・ホトクト・ンガワン・ロサン・チュデン(一六四二―一七一四)を派遣した。

◉少し遡ると、四十年にわたってチベットに君臨した「偉大な五世」は一六八二年に没した。彼の治世下に、チベット仏教の影響力は、チベット本土のみならず、モンゴル、中国にまで広まった。摂政サンギェ・ギャムツォは、ダライ・ラマ五世の死を隠匿《いんとく》し、「ダライ・ラマ五世は深い瞑想にお入りになり、外部の者とはいっさい接触を断たれた」と偽り、「瞑想中のダライ・ラマ五世の指示を受けて、自分がその意図を代行する」と宣言した。その間に、極秘に化身探しに着手し、早くも一六八五年には当時まだ数え歳三歳の子供を認定した。これが後のダライ・ラマ六世ツァンヤン・ギャムツォである。しかし、このことはいっさい公表されず、子供はその正体も明らかにされないまま、南チベットに軟禁状態で留め置かれた。

◉ようやくその正体が公表され、公式の認定を受けたのは一六九七年のことで、パンチェン・ラマ五世ロサン・イェシェ(一六六三―一七三七)から沙弥戒を授けられ、ポタラ宮の玉座に迎えられた。摂政サンギェ・ギャムツォは、それまでダライ・ラマ五世の遺言を守り、その死を公表せず、自ら極秘にその化身を探した経過を説明した。その秘密を知らされていなかったチベット政府役人および康熙帝は別として、一般チベット民衆は摂政サンギェ・ギャムツォに欺《あざむ》かれたとは思わず、彼のおかげで、「日没(五世の死)の悲しみを味わうことなく、日の出(六世の出現)の喜びだけを与えられた」と歓喜した。

◉すべては、摂政サンギェ・ギャムツォの思惑通りに事が運んだかのように見えた。十五年にわたりダライ・ラマ五世の名を騙《かた》って政権を掌握してきた摂政は、今度は、自分が見つけ、養育してきたダライ・ラマ六世の後見として、今まで通り支配を続けられるはずであった。しかし、まったく予期しない事態が生じた。彼それは、他でもない自分が秘密裏に養育したダライ・ラマ六世の行動である。彼は、それまでのダライ・ラマがそうしたように、具足戒を受けて僧侶として宗教界に君臨するかと思いきや、還俗し、あろうことか放蕩に明け暮れたのである。まさに異例のことであるが、それでもダライ・ラマとしてポタラ宮に住み続けた。

◉一六一六年三月から一六二一年四月までの約五年間中央チベットに滞在した、イエズス会宣教師デシデリ(一六八四―一七三三)は、自らの見聞に基づき、ダライ・ラマ六世に関して、ほぼ同時代の貴重な証言を残している(［　］内は、筆者による同定)。

「チンギス・ハン王［＝ラサン・ハン］がチベット王国を支配していた当時、すでに述べたように大ラマ［＝ダライ・ラマ六世］は、チベット人の盲目的な崇拝、愚かな信仰のため、放蕩の若者となり、あらゆる非行癖をもち、まったく堕落しきって、救い難いものになっていた。チベットのラマや修行僧の宗教上の慣習を無視して、彼は頭髪に気をつかい、酒を飲み、賭けごとをはじめ、とうとう娘や人妻、美貌の男も女も、彼の見境のない不品行から逃れることはむずかしくなった」(『チベットの報告1』、二四一頁)

「道の北側に国王の庭園がある。そこには、大量の金とたいへん美しい色を使った、人物像の素晴らしい絵を飾った立派な宮殿がある。……これは、例の大ラマ〔=ダライ・ラマ六世〕が建て、庭園も彼が設計したものである。彼はチベットの貴婦人方と楽しく遊ぶために、そこに出かけるのが常であった」(同上、二三二頁)

◉上述したように、ホシュート部族のうち、グシ・ハンの長子の家系が「チベット王」の称号を継承し、チベットを領有したが、その他の家系・子孫は青海地方に残った。しかし、グシ・ハン以後の「チベット王」はチベットにはさほど興味を示さず、内政に干渉もせず、摂政サンギェ・ギャムツォが実質上チベットの支配者であった。ところがグシ・ハンの孫に当たるラサン・ハン（一七一七年没）が、一七〇三年に兄のワンギェルを毒殺して、自ら「チベット王」になるや、事態は一変した。彼は祖父グシ・ハンの打ち立てたチベット支配権を取り戻し、かつてのモンゴルの栄光を復活させようという野望があった。それ故に、まだ弱年のダライ・ラマ六世の権威を盾に、思いのままチベットを支配し、モンゴル人、満洲人を操っている摂政サンギェ・ギャムツォを敵視した。さらには、ホシュート部族の武力援助のおかげでチベットの統治権を得たにもかかわらず、ダライ・ラマ五世そしてその後継者である摂政サンギェ・ギャムツォが、同じモンゴル族とはいえ、ホシュート部族とは対抗関係にある新興勢力のジュンガル部族に接近し、彼らを保護者としたことも、決してこころよくは思っていなかった。

◉こうした状況で、一七〇三年にサンギェ・ギャムツォは、摂政の役職を長子のンガワン・リンチェンに譲り、引退した。しかし実権は依然としてサンギェ・ギャムツォの手にあった。彼は、チベット史上稀に見る大学者であり、それにもまして卓越した政治家であった。彼の意図は、ダライ・ラマの宗教的権威で、モンゴル人、満洲人に君臨することであった。

◉こうした民族意識を強く持ったチベット、モンゴルの両指導者の対立はさらに度を増し、サンギェ・ギャムツォはラサン・ハンとその大臣の毒殺を試みた。そして、それが効を奏さなかったため、一七〇五年首都ラサでの新年のムンラム・チェンモ大祈願会の折に、サンギェ・ギャムツォはラサン・ハンを捕え処刑しようと計画した。しかし、デプン寺の高僧ジャムヤン・シェーパ(一六四八―一七二一)らの調停で、この計画は実行されなかった。流血の事態が避けられそうにない状態を前に、ラモ神託官の宣託で、ラサン・ハンはラサを去り、ホシュート部族の故地である青海に戻るよう命じられた。宣託に逆らうわけにはいかず、ラサン・ハンはラサを後にした。こうして武力対立は避けられ、チベットはモンゴル人「保護者」の追放に成功したかに見えた。

◉しかしラサン・ハンは、青海には向かわず、途中ナクチュで兵を集め、取って返して逆襲し、遂にサンギェ・ギャムツォを殺害した。一七〇六年のことである。こうしてラサン・ハンは、チベットの支配権を手中にした。しかし、彼がチベットの支配者となるのには、大きな障害がはだかっていた。それはダライ・ラマ六世である。いかに還俗し、放蕩生活を送っているとはいえ、ダライ・ラマの権威は絶大であり、全チベット人、モンゴル人仏教徒のダライ・ラマに対する信仰は揺るぎなかった。

◉ラサン・ハンは、清の康熙帝の了承を得て、チベット仏教の最高権威であるダライ・ラマらしからぬ振る舞いをする六世は、本当の化身ではないと主張し、彼を廃位しようとした。チベット人僧俗の反対・抗議にもかかわらず、ダライ・ラマ六世は捕らえられ、康熙帝自らがその真偽を検証するために、北京に送られることになった。このとき改めてネチュン神託官の宣託が下され、ダライ・ラマ六世は「偉大な五世」の化身に間違いないことが再確認された。彼を慕う僧俗は、大挙しておしかけ、いったんはダライ・ラマ六世をモンゴル人の護衛団から奪い返し、デプン寺にたて籠った（それから二世紀半後の一九五九年三月、ダライ・ラマ十四世が中共軍によって誘拐されるのではないかと案じたチベット人が、それを阻止しようとしてノルブリンカ離宮をとり囲み、一大騒動になったことは、まだ記憶に新しい）。流血の事態は、もはや避けられそうになかった。それを回避するために、ダライ・ラマ六世は、自らモンゴル護衛団に身を委ねた。そして、「いく人かの従者に向きなおり、自分はチベットに戻るであろうから、愛するチベット人たちに悲しまないように告げよと命じ」（デシデリ『チベットの報告1』、二四二頁）、辞世の歌を詠んだ。

ああ白鳥よ心あらば
我に翼を貸せよかし
遠くに飛ぶにあらずして
理塘《リタン》を巡りて帰り来ん(本書、七一頁)

◉ラサを後にし、護衛団が青海湖の南のクンガ・ノール湖のほとりに着いた時、ダライ・ラマ六世は亡くなった。一七〇六年暮のことである。チベット史料も中国史料も、彼は病死したと伝えている。しかし、この直後にチベットに滞在した宣教師たちは、彼は処刑された、という噂を記し留めている。また、この先述べるように、死んだのではなく、逃亡したという説もある。

◉いずれにせよ、ダライ・ラマ六世が死去したとの報告を受け取った康熙帝は、遺骸を放棄するように命じた。死者に対する葬儀すら拒否するという冒瀆であり、康熙帝がダライ・ラマ六世をどう見なしていたかをよく表わしている。既に引用したデシデリは、この間の経過を次のように記している。

「チンギス・ハン王［＝ラサン・ハン］はこれに不満であり、邪悪な大ラマ［＝ダライ・ラマ六世］を崇拝し、称える家臣の無神経さ、愚かさを容認することはできなかった。国王は分別のある忠告をし、ついで厳しく叱責して、そうした放蕩を正そうと試みた。しかし、それが無益なことを知って、国王は厳しい処置を講じて、全土を汚染しつつある悪、災厄を撲滅することを決心した。そのことをシナの皇帝［＝康熙帝］に知らせて同意を得てから、チンギス・ハン王は種々の口実のもとに、大ラマをラサから退去させ、タルタル人［＝モンゴル人］と信頼できるいく人かの大臣を護衛につけ、強制的にシナの方へ赴かせた。途中で彼らは、大ラマを処刑せよという国王の命令を実行した」（上引書、二四一頁）

◉いずれにせよ、ラサン・ハンは、ツァンヤン・ギャムツォは誤ってダライ・ラマ六世と認定されたとし、あらたにモンパ・ペカル・ジンパ（一六八六年生まれ）こそが、ダライ・ラマ五世の真正な化身であると認定した。ポタラ宮の南西にあるチャクポリ医学院の修行僧であり、ラサン・ハンの私生児とも噂された彼は、翌

青海湖
(ココ・ノール)
海晏
湟水
日月山
転嘴子
湟源県
扎馬隆
察罕素庄
兎尓干庄
察罕城
窩莂口
阿什漢城
青海南山
山脈
冬巴
共和県
クンガ・ノール湖
青海省
曲溝
黄河
貴徳県
N
拉干
貴南県
唐乃亥

一七〇七年にポタラ宮でパンチェン・ラマ五世からンガワン・イェシェ・ギャムツォの名を授かり、ダライ・ラマ六世として即位した。

◉デシデリによれば、

「チンギス・ハン王［＝ラサン・ハン］はこのあと、年輩の修行僧を大ラマ［＝ダライ・ラマ］にし、玉座につかせた。しかし、チベット人は大ラマ［＝ダライ・ラマ六世］が死んだというニュースに接し、ひどく悲嘆にくれた。とくに僧侶たちの間には、国王［＝ラサン・ハン］に対するぬぐい難い憎しみが沸き上がった。そして彼らは国王を廃したいと望んだが、当時は外部からの助力を得るまでは無力であり、また、新しい大ラマの認知を拒否しようと試みたけれども、国王のきびしい命令とシナの皇帝［＝康熙帝］を怖れて、うまくいかなかった。シナの皇帝は命令に従わなければ死刑にするとして、チンギス・ハンに推された大ラマを認めさせるために使節を派遣した。表面上はすべてがうまくいった。新しい大ラマは歓呼で迎えられ、みなは彼に従った。だが、さかんに煽動が行われ、機会があったらいつでも国王と大ラマを殺害することが決められた。チベット人、とくに僧侶たちは、書簡や使者を送って、独立している北部タルタリー［＝ジュンガル部族］の王に訴えた」（上引書、二四二頁）

◉正真正銘のダライ・ラマ六世を似非者《えせ》として廃位したばかりか、勝手に化身を認定し、即位させるとは、チベット人の目には冒瀆以外の何ものでもなかった。ダライ・ラマ六世の廃位には合意したものの、炯眼《けいがん》な康熙帝は、新たなダライ・ラマの認証には沈黙を保った。ここに至ってチベット僧俗の心は、ラサン・ハンから完全に離れ、新たな護教者を求めた。それが、上述したジュンガル部族の長ツェワン・ラプテンである。同じくモンゴル人でも、ジュンガル部族は、ラサン・ハンが率いるホシュート部族とは親戚関係にありながらも、対抗関係にあった。当時ジュンガル部族はイリ地方を中心に強大な遊牧帝国を築き上げており、その長ツェワン・ラプテンには、かつてのモンゴル大帝国再興の野望があり、満洲人の清朝とも鎬を削っており、彼はチベット状勢を虎視眈々《こしたんたん》と窺っていた。

◉モンゴル人諸部族は、たえず分離・対立を繰り返していたが、ホシュート部族もジュンガル部族も、「偉大な五世」に対する帰依という点においては、一致しており、その権威があったからこそ、チベットは近隣のモンゴル人、満洲人に対しても影響力があり、政治的にも存在理由があった。「偉大な五世」の死が公表され、その化身の正当性が疑われるようになった時点で、求心力のある権威を失ったチベット人およびモンゴル人社会は、政治的に空白となり、不安定となった。新たな安定のためには、新たなダライ・ラマが必要であった。

「一方、西寧の近く、低地タルタリーとシナの国境地帯にいとけない子供が生まれた、という噂がチベットに広がった。こういうことはチベットでよくあることだが、自分はチンギス・ハン[=ラサン・ハン]によって殺害されたチベットの大ラマ[=ダライ・ラマ六世]であり、死ぬ前にわが愛するチベット人にした約束により、再びこの世に生まれてきたのだと宣言した、というのである。そして、ラサの大ラマの玉座は自分のものであり、自分が願うことは、わが愛する門弟たちに会い、現在の不幸な状況から彼らを救い出すことである、ともいったというのだ。この噂はチベット人の間に驚くほどの興奮、騒ぎを巻き起こし、彼らすべてが切望したことは、自分たちの大ラマの顔を見ることであり、大ラマが帰ってきて、玉座に再びつくことであった」(上引書、二四三—二四四頁)

◉これが、ダライ・ラマ六世の辞世の歌通り、その死後一年半程して、チベットと中国の国境地帯のリタン(理塘)に生まれた子供で、後のダライ・ラマ七世ケサン・ギャムツォ(一七〇八—一七五七)である。しかし、当時の状況では、そもそもこの子供が、一七〇六年に亡くなった六世の化身で、七世なのか、それとも、先の六世はもともと誤って認定されたのであり、彼こそが、正真正銘の六世なのかすら明瞭ではなかった。こうして、彼の認定をめぐっては、ラサン・ハン、その親戚筋に当たる青海地域のホシュート部族、ジュンガル部族、そして清朝といった当時のチベットを取り巻く諸勢力の思惑が錯綜し、事態は混迷した。いずれにせよ、どの勢力も、ダライ・ラマの宗教的権威を政治的に利用しようとした。最終的には康熙帝の軍が一七二〇年に彼をラサに護衛し、ダライ・ラマ七世としてポタラ宮殿の玉座に就けた(この時点で、ツァンヤン・ギャムツォが正真正銘のダライ・ラマ六世であることが遡及的に認定され、ラサン・ハンによって、ダライ・ラマ六世として認知され、一七〇七年以来ポタラ宮に住んでいたンガワン・イェシェ・ギャムツォは、廃位に追い込まれた。その後ンガワン・イェシェ・ギャムツォがどのような生涯を送ったのかは、興味深いが、一切わからない。再び一僧侶としてデプン寺に戻ったのであろうか?)。

◉これが、チベットに対する中国のいわゆる「宗主権」の始まりであり、以後のチベット・中国関係の礎となった。チベット史の興味深い一頁ではあるが、ダライ・ラマ六世とは直接の関係はないので、別に機会を設けて論じたい。

ダライ・ラマ六世の生涯

◉既に述べたように、彼はヒマラヤ山脈の東端南麓、現在のインドのアルナチャル・プラデシュ州のタワンというところに一六八三年三月一日に生まれた。北のチベット国境からも、西のブータン国境からも、二日行程ほどのところである。当時この地方には、中央ブータン生まれの著名な埋蔵宝典発掘僧(テルトン)ペマ・リンパ(一四五〇—一五二一)の子孫が定住しており、彼もその家系に生まれた。当然のこととして、彼らはチベット仏教ニンマ(古)派の信者であった。

◉ゲルク派が、宗派を異にする家系に、自宗の化身を見つけるというのは、奇妙に映るかも知れないが、化身の認定によくあることで、多分に教圏拡大の思惑《おもわく》が働いている。モンゴル人であるダライ・ラマ四世ユンテン・ギャムツォ（一五八九―一六一七）の場合が、その最も典型的な例であろう。モンゴル人の王子を、ダライ・ラマ三世ソナム・ギャムツォ（一五四三―一五八八）の化身と認定することにより、ゲルク派が大挙してモンゴル人を自宗の信者・寄進者に得たのは、当時まだ記憶に新しいことであった。事実ダライ・ラマ六世の場合も、この地域の住民は、これを機に、以後ニンマ派からゲルク派に改宗し、ゲルク派はヒマラヤ南麓までその教圏を広めることに成功した。こうして、チベットとは動物・植物相がまったく異なる地域の住民を信者に獲得したことにより、ゲルク派はチベットでは得られない米、紙などの貴重な品々を寄進として入手できるようになった。

◉いずれにせよ、ダライ・ラマ六世はブータン人の血を引いており、ヒマラヤ南麓に生まれた。このことは、成人してからの彼の行動・活動を理解する上に重要なことである。ヒマラヤ山脈北側の極寒の高地に位置するチベットと、同じくチベット仏教圏に属しながらも、モンスーンがあり温暖なヒマラヤ山脈南麓に位置するブータン、アルナチャル・プラデシュ州とでは、気候、植生、動物相といった自然条件はまったく異なり、それに伴い住民の気質、風習、食事といったことすべてが違っている。

◉子供が生まれてから最初に発した言葉は、「吾《われ》は並みの者ではなく、三界の衆生の帰依処、ギェルワ・ロサン・ギャムツォなり。吾はラサのポタラ宮殿から来しもので、まもなくそこに戻るべし」であった。当時はまだダライ・ラマ五世の死は公表されていなかったが、それでもその噂はすでにこの地方にも届いており、子供はすぐに「偉大な五世」の化身に相違ないと噂された。これを聞きつけた摂政サンギェ・ギャムツォは、密偵を派遣し、子供が五世の化身に間違いないことを確認した。摂政は、この知らせに喜んだが、同時にこのことを秘密にしておくために、子供は先年亡くなったシャル寺のソナム・チョクドゥプの化身であるとして、子供と両親、そして一人の召使を極秘のうちに、生家からヒマラヤ山脈を越えて数日行程のところにあるチベット国内のツォナに移動させた。一九三〇年代の一旅行者は、ツォナのことを「百軒程のあばら家があるだけで、風が吹きすさび、汚らわしく、とても人間が住むのに適しているとは思えない村」と記述している。これが後にダライ・ラマ六世となる子供が、それからの十二年間、隠されて過ごすことになった片田舎である。しかも、ツォナの地方長官は、極秘にせよという摂政の命令を誤解し、彼らを長い間窓もない家に軟禁した。その時点ではダライ・ラマ五世の死はまだ公表されておらず、それゆえ地方の役人は、子供がダライ・ラマの化身であるとは夢想だにできず、子供と家族を素性の怪しいものと思い込み、侮辱し、虐待に近い扱いをした。

◉こうした状況を知る由もなく、摂政は、子供が四歳の誕生日を迎える前から、個人教授を派遣して教育を始めた。彼自身が著述したばかりの厖大な暦学書や、ダライ・ラマ五世の『自伝』とか『秘密の伝記』といった難解きわまりないテキストも教科に加えられた。しかしそれは、まだ年端もゆかない子供の理解領域をはるかに超えた教材であった。「偉大な五世」の後継者にふさわしい人物を養成するための英才教育のつもりであっただろうが、自分がその化身であることも知らされていなかった幼い子供には、押し付け教育としか映らず、これが後年ダライ・ラマ六世となってからの、彼の反発の理由の一つではなかろうか。

◉秘密を守る必要から、個人教授の人選もままならず、ツォナのような片田舎に派遣されたのは、決して当時の一流の学者、教育者ではなかったであろう。そうした家庭教師と一対一で、難解きわまりないテキストと直面させられた少年が、それに興味を覚えるどころか、反発したとしても、それはむしろ自然なことであった。

◉遊び友達もほとんどいなかったであろう孤独な彼にとって、唯一の慰めは自然であり、弓であった。外部との接触は皆無といっていいこの十二年間、彼にとって何よりも大きかったのは、両親の存在であり、彼らの感受性であったであろう。それはまぎれもなく、植生豊かで温暖なヒマラヤ山脈南麓のものであり、ブータンの血であった。

◉子供がダライ・ラマ五世の化身であることが家族に知らされたのは、一六九六年のことであり、それが公表されたのは翌一六九七年のことであった。子供は既に数え歳で十五歳であった。チベットの古代王たちは、十三歳で即位するのが習わしであったと伝えられることからすれば、彼はすでにりっぱな成人であった。ツォナからラサへの途中、ナンカルツェというところに到着したとき、父親が急逝した。その悲しみの中で、パンチェン・ラマ五世ロサン・イェシェから沙弥戒を授けられて出家僧となり、ツァンヤン・ギャムツォ「妙なる響きの大海原《おおうなばら》」（ギャムツォ＝「大海」は、モンゴル語「ダライ」の訳語で、すべてのダライ・ラマの名前は、この単語で終っている）という名前を授かった。恋愛詩作者としての彼を予言するかのような名前である。その後ポタラ宮殿に招かれ、政府の高官、仏教界の代表、モンゴル諸侯、康熙帝の名代の見守る中、ダライ・ラマの玉座に就いた。

◉それまであまり外部の人と接触がなく、孤独の中で育ってきたともいえる彼は、一挙に公衆のまっただ中に放り込まれた。チベット仏教界の最高権威として、厳かな儀礼をこなし、民衆に祝福を与える一方で、パンチェン・ラマ五世、摂政サンギェ・ギャムツォ、その他選び抜かれた学僧の監督・指導の下に、ダライ・ラマとしての長い修行が始まった。しかし、それは彼のそれまでの生活とはあまりにもかけ離れたものであり、彼の気質には合わないものだった。彼は、形式ばったことを好まず、傲慢《ごうまん》なところがなく、質素で、召使も使わずに、自らお茶を淹《い》れるという簡素な生活を送った。そして、長身紅顔の美少年は、僧侶としての修行には気乗りせず、弓技や屋外での遊戯を好んだ。

◉一般に化身は、幼少の時から、自分が住持である寺（ダライ・ラマの場合はチベットという国）の、次の数十年間を担う存在として、英才教育を受ける。両親の許を離れ、僧侶に囲まれ、まったく俗世とは異なった世界で養育され、その人格を形成していく。中には、その重圧に耐えられない化身もいるが、寺院側の周到な配慮により、ほとんどは宗教的カリスマを具えた化身に育ち、リンポチェ（＝宝）と呼ばれ、民衆の崇拝を一身に受ける。化身は、発見されるものではあるが、それ以上に養育されるものである。

◉ダライ・ラマ六世の場合は、その幼少期の特殊な事情から、この養育がまったくなされなかった。経典などの手ほどきを少しは受けたにせよ、彼は両親といっしょに俗人としての生活を送りつつ成人した。その彼には、一挙にふりかかってきたチベット仏教界の最高権威である、観音菩薩の化身という役職が、重荷すぎたのは当然である。

◉一七〇二年に、彼は二十歳になった。僧侶としては、この歳で具足戒（最高の戒律）を授かるのが普通であるが、彼はそれを授かるどころか、五年前に見習い僧として授かった沙弥戒も返上すると言い出した。そして、それが許されなければ自殺する、とまで主張した。パンチェン・ラマ五世、摂政サンギェ・ギャムツォ、ホシュート部族の王子（後の「チベット王」）ラサン・ハンらの説得にもかかわらず、彼は僧衣を棄て、還俗した。

◉チベット人のダライ・ラマに対する崇敬は、キリスト教徒であるデシデリの目には「盲目的な崇拝、愚かな信仰」（『チベットの報告1』、二四一頁）としか映らなかったが、揺るぎない絶大なものであった。しかし、彼に接近する者の多くは、彼のダライ・ラマとしての権威を政治的に利用しようとした。チベット人摂政サンギェ・ギャムツォはじめ、モンゴル人のラサン・ハン、満洲人の康熙帝、すべてがそうであり、ダライ・ラマ六世は、こうした下心のある政治的駆け引きに翻弄されるはめとなった。彼を取り巻く僧侶階級も、ゲルク派の教圏拡大のために、ダライ・ラマの権威を利用しようと腐心するものばかりであった。当時のチベット、モンゴル、中国の政治・宗教状勢の中でのダライ・ラマの権威を考えれば、それは当然すぎることであった。

岩と風とはあい計り
鷹の羽根毛を毟《むし》り取り
悪《わる》たくらみと偽りに
我骨皮《われほねかわ》に憔悴《しょうすい》す（本書、六一頁）

◉この詩に、そうした中でのダライ・ラマ六世の心境が読み取れはしないだろうか。陰謀・策略の世界にうんざりした彼が逃れたのは、酒であり、女であった。

ダライ・ラマ六世は、還俗しても、ポタラ宮殿に住み続けたが、

ポタラ宮でのお名前は

ツァンヤン・ギャムツォ修行僧
ラサの下町ショルにては
放蕩ダンサン・ワンポなり（本書、三二頁）

◉こうして、ポタラ宮殿の麓のショル界隈で、そしてラサの街で、夜な夜な酒を飲み歩き、女と密会を重ねる青年のことが噂になりはじめた。先に引用したイエズス会宣教師デシデリの言葉を再び引くと、ダライ・ラマ六世は「放蕩の若者となり、あらゆる非行癖をもち、まったく堕落しきって、救い難いものになっていた。チベットのラマや修行僧の宗教上の慣習を無視して、彼は頭髪に気をつかい、酒を飲み、賭けごとをはじめ、とうとう娘や人妻、美貌の男も女も、彼の見境のない不品行から逃れることはむずかしくなった」（『チベットの報告1』、二四一頁）。長身の彼は、いつも淡い青色の絹の衣裳に身を包み、指にはいくつもの指輪を嵌《は》め、髪は長く垂らしていた。ショルおよびラサの民家は、外壁が白いのが普通であるが、黄色く塗られる家があちこちに目立ちはじめた。これが、「高貴なお方」が夜這いされた家の印であると言い伝えられている。

◉摂政サンギェ・ギャムツォは、こうした夜遊びの手配をしているのが、タルゲネという悪友であることを知り、彼を暗殺しようとした。摂政の手下は、ある晩ダライ・ラマ六世の一行を襲った。折しもその晩は、全員が衣裳を交換しあって遊んでいるところで、討たれたのは、タルゲネの衣裳を纏《まと》っていた召使で、タルゲネも、ダライ・ラマ六世も無事だった。神託官の宣託で、それが摂政サンギェ・ギャムツォの指図であることが分かってから、二人はますます疎遠になった。

◉摂政サンギェ・ギャムツォにとっては、ダライ・ラマ六世は思いもよらぬ誤算であっただろう。「放蕩の若者となり、あらゆる非行癖をもち、まったく堕落しきって、救い難い」ダライ・ラマ六世の権威では、モンゴル人をその影響下に置くことは望むべくもなかった。その摂政を殺害したあと、自ら「チベット王」としてチベットを支配しようとしたラサン・ハンは、ダライ・ラマ六世に帰依するどころか、彼を似非者《えせ》として、その権威を否定し、なきものにしようとした。そのため、六世の「ダライ・ラマにあるまじき不品行」の数々を誇張し、康熙帝に報告した。それを受けた康熙帝は、ダライ・ラマ六世の正統性に疑いを持ち、その真偽を自ら審議・判定するために、彼を中国に召喚することにした。こうして、ラサン・ハンはダライ・ラマ六世の廃位を宣言し、彼を中国に送り届けることにした。それからの悲劇的な死に至るまでの経過は、既に述べた通りである。

黄泉《よみ》の地獄の閻魔《えんま》王
善悪映す鏡持つ
この世は公正ならずとも
あの世に清き裁きあれ（本書、七〇頁）

◉時代に翻弄《ほんろう》されたダライ・ラマ六世は、その短い生涯で、意が満たされることはなく、この世の汚れを嘆きつつ、望みを来世に託したのであろう。

ダライ・ラマ六世の「秘密」の生涯

◉ダライ・ラマ六世は、一七〇六年十月十日に二十三年と七か月の短い生涯を閉じた。そして、一七〇八年に東チベットのリタン（理塘）に化身転生し、一七二〇年にダライ・ラマ七世としてポタラ宮殿の玉座に就いた。少なくとも、公の記録ではそうである。

◉しかし日本でも、若くして悲運の最期を遂げた源義経（一一五九―一一八九）が、海を渡ってモンゴルに逃れ、そこで生き長らえたという「義経伝説」が生まれたように、ダライ・ラマ六世は、亡くなったのではなく、身を隠したに過ぎない、と言い伝えられるようになった。彼を思慕し、その死を傷む民衆の切なる願いから生まれたものであろう。ダライ・ラマ六世の逃れた先は、奇しくも義経伝説と同じく、モンゴルであった。

◉ダライ・ラマ六世の死後半世紀経った一七五七年に、ダルゲ・ノムンハン(別名ラツン・ンガワン・ドルジ)というモンゴル僧が、『一切智者ンガワン・チュタク伝』を著わした。この伝記によれば、ダライ・ラマ六世は一七〇六年にクンガ・ノール湖のほとりで亡くなったのではなく、その後ンガワン・チュタクと名前を変えて、モンゴル、中国、インド、チベットを巡礼し、最後はゴビ砂漠の南のアラシャン地方に落ち着いた。そこに一寺を建て、ラサで正月に催されるモンラム・チェンモ大祈願会と同じ行事を始めた。他にも、いくつもの寺院の住持となり、一七四六年に他界するまで、誰からもダライ・ラマ六世だとは見破られずに、民衆を教化した。これが事実とすれば、還俗して放蕩生活を送ったその前半生とはうって変わった、ダライ・ラマにふさわしい模範的な僧侶としての後半生ということになる。彼の没後、新たな化身系譜が誕生し、第六世アグワン(=ンガワン)・ダンサン・

ティンレ・ギャムツォ（一九〇一―一九五八）まで続いた。

◉近年のチベット研究者のあいだでは、この伝記の一七〇六年から一七四六年までの四〇年間の記述は、まったくの創作ではなく、実在した僧侶の言動をもとにしたものであろうが、彼はダライ・ラマ六世自身ではなく、彼の身分を騙る扮装者であろう、という意見が主流である。しかし、チベット人、モンゴル人の間では、ダライ・ラマ六世は、こうして第二の人生を送った、あるいはその後も送り続けているという信仰は、現在まで生きている。

◉普通に考えれば、ダライ・ラマ六世は一七〇六年に亡くなり、一七〇八年には七世として転生したことと、モンゴルを中心に一七四六年まで生き長らえたことは、相容れない。しかし、ダライ・ラマは菩薩であり、稀にではあるが、同時に二か所以上に化身することもあり得る。このことに関して、ダライ・ラマ十三世トゥプテン・ギャムツォ（一八七六―一九三三）は、イギリスの外交官チャールズ・ベル（一八七〇―一九四五）に次のように述べている。

「ダライ・ラマ六世の化身の一つは、ダライ・ラマ七世の応接間にもたびたび現われたし、私のレセプションにも現われると言われている。しかし、私はそれが本当かどうかわからない」

◉こうしたことが語られるのは、十三人の歴代ダライ・ラマの中で彼だけであり、この点でも彼はユニークである。

恋愛詩の形式

◉ダライ・ラマ六世の恋愛詩（チベット語では「恋愛詩」という特定なジャンルはなく、glu「歌」あるいはmgur「宗教歌」と呼ばれている）は、例外的に六行、あるいは八行の場合もあるが、ほとんどすべて六音節四行の定型詩である。これは、七音節、九音節といった奇数音節の韻文が、サンスクリット語の詩形式の借用であるのと対照的に、チベット語に本来固有の民謡形態で、素朴な感じがする。この六音節四行詩という形式は、チベットでは廃れたが、チベット文化圏南端のブータンでは現在でも最もポピュラーなものであり、ダライ・ラマ六世がこの形式で恋愛詩を綴ったことは、後述するように、彼にブータン人の血が流れていることと無関係ではなかろう。

◉よく知られているように、東ブータンではつい最近まで夜這いの風習があり、妻問婚《つまどい》が一般的であった。また男女が結ばれるまでの過程で、ツォンマとよばれる相聞歌が大きな役割を果たしている。一九五八年に日本人として初めてブータンに短期滞在した中尾佐助(一九一六―一九九三)は、その著『秘境ブータン』で次のように述べている。

「ブータンの若者たちは娘の家を尋ね、いっしょに歌を歌ったり、食事を共にしたりして、夕べの一刻を楽しく送る。興いたれば娘と即興の歌詞に節をつけて、恋の歌の掛け合わせの歌合戦をやる。日本でも王朝時代には歌垣と呼ばれた風習である」(二三〇頁)

◉男から女に、あるいは女から男に対する働きかけは、まずはこのツォンマから始まる。どちらかが、既に知られた歌、あるいはその替え歌を投げかける。もちろんうまい人は、即興で自分の歌を詠むことができる。これがブータン人の「粋《いき》」である。それに答えて、相手は即妙に返し歌を歌う。これを一対一で、あるいはグループで連綿と続けて、男と女は徐々に親しくなり、遂には結ばれていく。

◉筆者が滞在した一九八〇年代には、ブータンでも既に近代化が始まっており、ツォンマや夜這いの風習は首都ティンプ周辺ではなくなっていたが、地方ではまだ残っていた。糸永正之氏が収集したツォンマのいくつかを紹介すると、

山に雪の降りけるは
人皆これを知るところ
二人の心結ばれし
人これを知る人ぞなき（六九）

愛しき君はかなたへと
悲しみこなた忍び来る
愛しき人よ我が許に
悲しみ遠く去れよかし（二六）

真白き紙に書かれたる
黄金《こがね》色なる文《ふみ》の文字

愛しき君の書きし文
人えも知らぬ秘め事ぞ（六九）

ポタラ宮の頂に
金のラッパの鳴り響き
誰《た》が吹ける響きぞや
聴けば心に傷《いた》み沁《し》む（六五）

（ ）の数字は収録されている歌の通し番号

◉原詩はすべて六音節四行で、ダライ・ラマ六世の恋愛詩とまったく同じである。節回しは、地方により多少異なるが、それでも私が習った現代中央チベットのものと大差はない。

◉チベット語およびチベット語系の言語を話す諸民族の中で、この形式の恋愛詩に殊に秀でており、現在までそれを継承しているのは、ブータン人であろう。他の地域ではあまり記録されておらず、中央チベットでも、最も代表的なのはダライ・ラマ六世作、および彼の作と伝えられる歌である。本書に紹介した以外に、全部で四五九首を収録する写本も存在する(Sorensen、二八五—三三八頁参照）し、これ以外にも、文字に記録されずに、口伝えで愛唱され続けているものも数多くあるであろう。しかし、本書で紹介したダライ・ラマ六世の（あるいは、彼に仮託された）六六首は、その感受性の繊細さ、歌詞の美しさにおいて、チベット語相聞歌の精華と言えるであろう。

信じる人、信じない人――化身をめぐって

◉既に見たように、デシデリは、ダライ・ラマ信仰を「チベット人の盲目的な崇拝、愚かな信仰」（『チベットの報告1』、二四一頁）と評している。イエズス会宣教師であった彼としては、当然である。キリスト教宣教師の常として、キリスト教だけが唯一の正しい宗教で、他はすべて邪教である、という揺るぎない――他者から見れば、これこそ「盲目的」といえる――大前提があり、彼らの使命は「誤った」信仰に陥っている哀れな人々を、「正しい」信仰であるキリスト教に改宗させることであった。いかに彼らの観察が鋭いとはいえ、彼らにとっては、赴いた土地の信仰を正しく理解し、評価することは、その出発点からして既に本質的に不可能なことだった。

◉化身という制度、そしてその信仰は、チベット仏教独自のものであり、他の仏

教圏には見られない。それ故に、外国人からはむしろ批判的・懐疑的な眼で見られることが多い。日本でも、チベット仏教を「ラマ教」と呼び、あたかも仏教ではないかの如く、あるいは仏教であるとしても、堕落した、いかがわしいものと思い込んでいる人が多い。

◉しかし、チベット仏教は日本仏教と同じく長い歴史を持ち、現在のダライ・ラマ十四世のような、ノーベル平和賞に輝くすぐれた宗教家を生み出している。この事実だけからしても、改めてチベット仏教を見直してみる意義があるであろう。

◉チベット人自身は、化身制度をどう思っているのだろうか、歴代ダライ・ラマが本当に観音菩薩の化身だと信じているのだろうか、モンゴル人首長からも、中国の皇帝からも似非《えせ》者と見なされ、還俗して、恋愛詩を綴ったダライ・ラマ六世を、今のチベット人はどう考えているのだろうか。

◉チベット人なら誰でも、ダライ・ラマ六世の奔放《ほんぽう》な生涯を知っている。そして彼の恋愛詩を愛唱している。しかし、観音菩薩の化身ダライ・ラマとして全仏教徒の模範となるべきなのに、街の女と夜な夜な密会して情事を楽しんだりしたのは妙ではないのか、といった疑問は誰一人として抱かない。逆に、チベット人は全員、こう信じている。ダライ・ラマ六世は、菩薩の化身として、我々衆生を教化するために、しかるべき判断の下に、そういう生涯を送ったわけで、それを貫いているのは、我々迷える衆生《しゅじょう》に対する慈悲以外の何ものでもない。それを、ダライ・ラマにふさわしくない、あるいはあるまじき行為であると、凡夫の側で決めつけることこそ、凡夫の誤った思い上がりであり、それは仏・菩薩に対する冒瀆以外の何ものでもなく、最も慎むべきことである。他のすべてのダライ・ラマとはまったく異なった、一見すると常軌を逸した生き方であったが、チベットの当時の状況の中では、それがチベット人に最も適した教化の形態であった、という見方が一般的である。さらには、ダライ・ラマ六世の言行に、密教的な解釈を与える人々もいる。チベット密教では、その修行過程において、女性との交わりを実践することがある。女性修行者にとって、高貴な化身の修行のパートナーとなることは、この上ない栄誉である。ダライ・ラマ六世作と伝えられる詩の一つに、次のようなものがある。

女子《おなご》を抱かず独り寝の
一夜たりともなかりけり

交わり終えて精液の
一滴として漏るるなし

◉この歌からもわかるように、密教における性的交わりは、単なる性行為ではなく、完全に自制された修行である。この意味で、ダライ・ラマ六世はすぐれた密教修行者であったと見なす人も多い。

◉いずれにせよ、ダライ・ラマ六世は、その情事のゆえに、そしてその恋愛詩のゆえに、今でもチベット人から最も親しまれているダライ・ラマである。

◉しかし、こうした信仰は、第三者には理解しにくいものである。康熙帝に関して、次のようなエピソードがあるが、化身に対する外部の者の無理解、軽蔑を端的に物語っている。康熙帝の親征中、ある化身の許を訪れることがあった。その時、将軍の一人が、突然化身に斬りかかった。怒った民衆は、康熙帝一行に襲いかかり、康熙帝は命からがら逃げ出した。事態が収まってから、康熙帝は、将軍を呼びつけ、どういうつもりでそんな行動に出たのかを質した。将軍の答えはこうである。「もし、彼が本当に菩薩の化身であれば、神通力《じんつうりき》で私の不意打ちを予知できたはずだ。それができずに、私の刀に討たれたのは、神通力がなかったからであり、化身ではなかった証拠である」

◉信ずる人と、信じない人の溝は深い。化身信仰に限らず、信仰の是非は、第三者が決断を下せるものではないであろう。ただ、チベット仏教の信者は、数世紀にわたって化身を信仰しており、現にその信仰に生きていることは、まぎれもない事実である。個人的には、私は、ここまで純粋に、真摯《しんし》に信じることができるチベット人仏教徒に、ただ単純な素朴さだけでなく、一種の崇高さを感じる。彼らは、祈りとか信仰を持たない人間には、及びもつかない程、遠い人たちである。異なる次元に生きているとさえ言える。そうである以上、異なった次元に対して、一方的に判断を下すことは慎むべきではなかろうか。ラテン語に"Credo quia absurdum"(不条理なるが故に信ず)という諺《ことわざ》があるが、これはすべての信仰に言えることで、異なる信仰に対する寛容が必要な所以《ゆえん》である。その視点に立った時、初めてチベット仏教の本質が見えてくるであろう。

◉チベット人は、寛容、慈悲、智慧という大乗仏教の礎に立脚して、人間を自然界の一員として捉え、自然との調和の中で、人間の精神性の充足を追求し、豊かな人間性を培ってきた。ここに訳出したダライ・ラマ六世の恋愛詩集は、そうしたチベット人の精神性、心情、感性をみごとに表現している。

【参考文献】

［チベット語］

Ngag dbang lhun grub rdo rje, *Tshangs dbyangs rgya mtshoï gsang rnam*（一七五七年著作）, Lha sa, 1981.

Sangs rgyas rgya mtsho, sde srid (1653-1705), *Thams cad mkhyen pa drug pa blo bzang rin chen tshangs dbyangs rgya mtshoï thun mong phyiï rnam par thar pa du ku laï phro thud rab gsal gser gyi snye ma glegs bam dang po*, Lha sa, 1989.

［日本語］

糸永正之『ブータンの「相聞歌」』、学習院大学東洋文化研究所調査研究報告、二二、一九八八年、五一―一八七頁

岡田英弘『康熙帝の手紙』中央公論社、中公新書、一九七九年

I・デシデリ『チベットの報告』（1・2）（F・デ・フィリッピ編、薬師義美訳）平凡社、東洋文庫、一九九一―九二年

中尾佐助『秘境ブータン』社会思想社、現代教養文庫、一九七一年（初版・毎日新聞社、一九五九年）

宮脇淳子『モンゴルの歴史』刀水書房、二〇〇二年

宮脇淳子『最後の遊牧帝国　ジューンガル部の興亡』講談社、選書メチエ、一九九五年

山口瑞鳳『チベット』（上・下）東京大学出版会、一九八七―八八年

［欧文］

Aris, Michael, *Hidden Treasures and Secret Lives. A Study of Pemalingpa (1450-1521) and the Sixth Dalai Lama (1683-1706)*, Simla, Indian Institute of Advanced Study, 1988.

Barraux, Roland, *Histoire des Dalai Lamas. Quatorze reflets sur le Lac des Visions*, Paris, Albin Michel, 1993.

Dhondup, K., *Songs of the Sixth Dalai Lama*, Dharamsala, Library of Tibetan Works & Archives, 1984.

Dhondup, K., *The Water-Horse and other years*, Dharamsala, Library of Tibetan Works & Archives, 1984.

Klafkowski, Piotr, *The Secret Deliverance of the Sixth Dalai Lama as narrated by Dharmatara*, Wien, Wiener Studien zur Tibetologie und Buddhismuskunde, 3, 1979.

Petech, Luciano, *China and Tibet in the Early XVIIIth Century. History of the establishment of protectorate in Tibet* (Second, Revised Edition), Leiden, Monograpies du T'oung Pao, 1, 1972.

Shakabpa, W.D., *Tibet. A Political History*, New Haven and London, Yale University Press, 1967.（邦訳・シャカッパ『チベット政治史』（貞兼綾子監修・三浦綾子訳）亜細亜大学、一九九二年）

Sorensen, Per K., *Divinity Secularized. An inquiry into the nature and form of the songs ascribed to the Sixth Dalai Lama*, Wien, Wiener Studien zur Tibetologie und Buddhismuskunde, 25, 1990.（本訳書のチベット語底本は、原則としてこの本所収の校訂テキストによった。ただし、配列順序は訳者の判断で変更した）

訳者あとがき

◉私がダライ・ラマ六世の恋愛詩に初めて接したのは、一九七〇年パリの東洋現代語学校のチベット語の授業であった。パリに留学する前、日本の大学で日本人の先生からチベット語を二年ほど習ったが、それは古典仏教チベット語であった。テキストも『能断金剛般若経』で、チベット語を習っているのか、仏典の講釈を聞いているのかわからない、今思い返すと本当に妙な語学学習であった。

◉パリでは、すべてが新鮮であった。先生は、初めて接するチベット人で、フランス語の説明もあったが、原則として授業はすべてチベット語であった。読むテキストも現代のもので、ダライ・ラマ十四世の自伝が中心であった。授業は総合的なもので、歴史、文化、宗教、風習といったチベット社会全体にわたり、いつも新しい発見があった。ある時、テーマが歌になった時、先生は、「これが、現在チベット人の間でもっとも親しまれている歌です」と言って、節をつけて歌ってくれた。それが、ダライ・ラマ六世の恋愛詩の一編であった。節も素朴で、生

徒にもすぐに歌えそうだったので、四人のクラス全員で、その六音節四行詩を、

シャチョ　リウェ　ツェネー　　東の山の頂に
カセ　ダワ　シャーチュン　　皓皓《こうこう》白く月渡り
マケ　アメー　シェレー　　かの乙女子《おとめご》が面影は
イーラ　コーコー　チェチュン　　我が心にぞ現わるる

と口ずさんだ。

●授業ではそれだけであったが、私はダライ・ラマ六世に興味が湧き、恋愛詩集のチベット語テキストを貸してもらい、全部を通読した。チベット語一年生の私には、分からないところも多かったが、先生に説明してもらったりして、一応私なりに理解できた。

●そうしているうちに、「偉大な五世」の化身と認定され、チベット仏教の大本山であるポタラ宮殿に招かれながら、還俗して恋愛詩を綴るダライ・ラマ六世に、私は非常な親近感を抱いた。羨ましかったのかも知れない。

心にかなえる娘子《むすめご》を
我が伴侶《みちずれ》に娶《めと》らんは
海底《うみぞこ》深く一粒の
輝く真珠を得る如し（一〇頁）

我が喇嘛《らま》僧の御前《おんまえ》に
教えを乞いに進みしも
深き御法《みのり》にあらずして
娘を想う心のみ（一一頁）

我が御教えの喇嘛僧は
想いだにすれ現われず
かの清楚なる娘子《むすめご》は
想わざれども心離れず（一三頁）

◉とポタラ宮殿で歌うダライ・ラマ六世は、私に代わって私の気持ちを詠んでくれているかのような気がした。パリという世界のチベット研究の中心地に留学していた私には、当時日本に結ばれたく思っていた女《ひと》がいた。パリでのチベット学の講義は素晴らしく、それに魅了され、興奮のあまり我を忘れて没頭している自分と、それに劣らぬ熱い思いを遠く日本に馳せるもう一人の自分との、両立し得ない二人の自分の板挟みになっていた。私は、知ら知らずのあいだに、ダライ・ラマ六世に自分を二重写しにしていた。チベット仏教界最高位の化身であるダライ・ラマに対するはなはだしい冒瀆であろう。しかし、六世は、それを許してくれる——少なくとも、私にはそう思えた——親近感、魅力があるダライ・ラマである。

◉それから三十年余が経ち、今こうして彼の恋愛詩を全篇邦訳出版できることは、私にとって感慨無量である。私の拙い邦訳では、チベット語の美しさは伝わらないであろうが、この訳が、ダライ・ラマ六世の、そしてチベットの紹介に少しでも貢献するところがあれば、この上ない喜びである。

◉詩の訳文は冷泉貴実子(冷泉家時雨亭文庫)、解説は小野田俊藏(仏教大学)、松川節、三宅伸一郎(ともに大谷大学)、加賀谷祥子氏に目を通していただき、貴重な助言を受けた。また、チベット語テキストは、大谷大学が開発したマッキントッシュ用チベット語システム Tibetan Language Kit for Macintosh ©を用いて、三宅伸一郎氏に作成していただいた。記して、謝意を表します。
◉元来本書は、ある出版社から二〇〇四年十月に出版される予定であったが、予期せぬ展開から、出版は中止を余儀なくされた。いってみれば中絶の目に遭い、葬り去られたわけである。この本書の運命は、著者の目にはダライ・ラマ六世の悲運の生涯の二重写しに映り、一種の「因縁」を感じざるをえなかった。しかし、ダライ・ラマ六世が死後しばらくして七世に生まれ変わったように、この本も今こうして日の目をみることになった。これは、何よりもトランスビューの中嶋廣氏の本書に対する理解のおかげである。記して深甚の謝意を表したい。

今枝由郎

二〇〇七年三月

【訳者略歴】

今枝由郎（いまえだ・よしろう）
一九四七年愛知県生まれ。一九七四年大谷大学卒業、
同年フランス国立科学研究センター（CNRS）研究員となり、
九一年より研究ディレクター、現在に至る。
一九八一―九〇年、ブータン国立図書館顧問。
一九九五年、カリフォルニア州立大学バークレー校客員教授。
チベット歴史・文献学専攻。パリ第七大学国家文学博士。
主な著書に『ブータン――変貌するヒマラヤの仏教王国』（大東出版社、一九九四年）、
『ブータン・風の祈り』（田淵暁との共著、平河出版社、一九九六年）、
『ブータン中世史――ドゥク派政権の成立と変遷』（大東出版社、二〇〇三年）、
『敦煌出土チベット文『生死法物語』の研究』（大東出版社、二〇〇六年）、
『ゾンカ語口語教本』（大学書林、二〇〇六年）ほか。
翻訳書に『サキャ格言集』（サキャ・パンディタ著、岩波文庫、二〇〇二年）、
『イエスの言葉　ブッダの言葉』（マーカス・ボーグ著、鈴木佐知子・武田真理子と共訳、
大東出版社、二〇〇一年）、『チベットの潜入者たち』（ピーター・ホップカーク著、
鈴木佐和子・武田真理子と共訳、白水社、二〇〇四年）、
『囚われのチベットの少女』（フィリップ・ブルサール＋ダニエル・ラン著、
トランスビュー、二〇〇二年）、『ダライラマ・幸福と平和への助言』（トランスビュー、二〇〇三年）、
『チベット史』（ロラン・デエ著、春秋社、二〇〇五年）など多数。

ダライ・ラマ六世　恋愛彷徨詩集

二〇〇七年五月一〇日　初版第一刷発行

【著者】――ダライ・ラマ六世ツァンヤン・ギャムツォ

【訳者】――今枝由郎©

【デザイン】――杉浦康平＋佐藤篤司＋島田薫〈デザイン協力〉――小笠原幸介

【地図製作】――白砂昭義〈ジェイ・マップ〉

【発行人】――中嶋廣

【発行所】――株式会社トランスビュー

〒103-0007 東京都中央区日本橋浜町二―十―一

電話〇三―三六六四―七三三四　Fax. 〇三―三六六四―七三三五

URL http://www.transview.co.jp

郵便振替 00150-3-41127

【印刷所】――中央精版印刷株式会社

【用紙店】――宝紙業株式会社

ISBN978-4-901510-50-9 C1098